Narratori **€** Feltrinelli

Cristiano Cavina
Fratelli nella notte

© Giangiacomo Feltrinelli Editore Milano
Prima edizione ne "I Narratori" maggio 2017

Stampa Nuovo Istituto Italiano d'Arti Grafiche - BG

ISBN 978-88-07-03248-6

FSC
www.fsc.org
MISTO
Carta
da fonti gestite in
maniera responsabile
FSC® C015216

www.feltrinellieditore.it
Libri in uscita, interviste, reading,
commenti e percorsi di lettura.
Aggiornamenti quotidiani

IL RAZZISMO
È UNA
BRUTTA STORIA.
razzismobruttastoria.net

Fratelli nella notte

Arrancavano nel bosco cercando di non fare rumore.

Il più alto dei due portava in spalla il più basso.

Quando era stanco lo rimetteva a terra e se lo trascinava dietro, passandogli un braccio sotto le spalle.

Appena quello piccolo ricominciava a gemere, il più grande grugnendo se lo ricaricava addosso.

Gli alberi apparivano all'improvviso dal buio fitto. Avevano rami spogli, e tronchi pallidi e contorti come morti congelati.

Il più grande cercava di stare appena sotto il crinale, per non farsi vedere.

Se si fossero imbattuti in una pattuglia sarebbero morti.

Il più piccolo si chiamava Mario.

Non arrivava al metro e sessanta e per prenderlo in giro gli avevano dato come nome di battaglia Tarzan.

Era stato ferito due giorni prima a Ca' di Malanca.

Non aveva ancora diciannove anni.

Tarzan, 1944

Nell'estate del 1944, l'avanzata dell'VIII armata sul versante tirrenico era inarrestabile.

Liberò Firenze, superò di slancio il passo della Sambuca e a settembre occupò Palazzuolo sul Senio.

I tedeschi in fretta e furia si ritirarono dai paesi della collina, facendo saltare ponti e municipi. Il Nord Italia sembrava sul punto di capitolare da un momento all'altro.

La gente usciva di casa la mattina presto ad aspettare gli americhé e gl'inglis. Visto che tardavano, furono mandati loro incontro i ragazzi più svelti di gamba, a informarli di darsi una mossa, che i tugnini se n'erano andati.

Aspettarono invano. Prima degli Alleati arrivò un autunno come non ce n'erano mai stati, freddo e piovoso. Le strade si trasformarono in fiumi di fango in cui colonne di mezzi e uomini affondavano senza scampo.

Lo slancio dell'VIII armata si spense.

L'esercito tedesco ne approfittò, ammassando le sue divisioni appena dietro il crinale dell'Appennino e fortificando la Linea Gotica, ultimo baluardo a difesa della Pianura Padana.

Il ritorno dei tedeschi colse di sorpresa un battaglione della 36ª brigata Garibaldi, che da mesi combatteva in quella terra tra Romagna e Toscana, dove le colline diventano montagne.

Si trovarono intrappolati in una sacca tra la prima linea e la retroguardia tedesca, circondati dalla Wehrmacht e dalle Waffen-SS.

All'inizio di ottobre, il comandante Bob mandò le staffette con l'ordine di adunata per le dodici compagnie del battaglione Bianconcini.

L'autunno non dava tregua e le munizioni scarseggiavano; avevano ancora scorte di grano, ma per macinarlo le compagnie erano costrette ad addentrarsi a valle in territorio tedesco, per assaltare i mulini.

L'unica via di salvezza era ricongiungersi all'avanguardia inglese, dietro Monte Cece, dove il VI reggimento Fucilieri del Duca di Wellington aveva consolidato una postazione avanzata.

Tra le compagnie del Bianconcini e gli inglesi c'era la 715ª divisione Granatieri tedesca, tutti veterani della battaglia di Anzio. Dominavano le alture e con l'artiglieria potevano colpire da una parte e dall'altra del crinale.

Il battaglione avrebbe dovuto camminare per giorni allo scoperto, perché i sentieri erano pattugliati, su un terreno reso impossibile dalle piogge.

I monti più alti erano nascosti dalla nebbia, alcune cime già imbiancate dalla prima neve.

Dovevano aprirsi una via di fuga con le armi in pugno.

Il 9 ottobre le dodici compagnie arrivarono scaglionate a Santa Maria in Purocielo.

Gli uomini erano stanchi e sfiduciati.

Il comandante Bob parlò loro nel rudere dell'antica chiesetta sventrata dalle granate.

La volta del presbiterio era crollata sull'altare e nuvole basse e grigie passavano sulla testa di un Cristo sbruciacchiato, che penzolava dalla croce appeso a un solo chiodo.

I più giovani si segnarono in fretta, senza farsi vedere dal commissario politico.

"Chi vuole può andarsene," disse Bob. "A chi parte chiedo solo di lasciare le armi."

Ci voleva coraggio per restare e ce ne voleva ancora di più per andarsene.

Le strade verso i paesi della Bassa erano battute dalla Brigata Nera e dalla Milizia e per chi veniva sorpreso a vagare nelle campagne c'era già pronto un palo al poligono di tiro di Bologna.

Ventidue uomini riconsegnarono armi e munizioni.

Il comandante Bob strinse loro la mano, uno per uno.

"Buona fortuna," disse.

Quelli che restarono si guardarono affranti, con la stessa espressione del Cristo sbilenco che penzolava sopra di loro.

Erano terrorizzati all'idea di aver preso la decisione sbagliata.

"Animo, burdel," disse Bocì, il vicecomandante.

Si chiamava Maurelio Tirapani e prima della guerra era un bracciante di Filo d'Argenta, giù dove le terre di Ferrara e quelle di Ravenna si confondono negli acquitrini del delta del Po; ogni volta gli dovevano spiegare che in quella fetta di Romagna si usava tabac, per chiamare i ragazzi, non burdel. Lui continuava a sbagliarsi e

15

forse faceva apposta. Riuscì a farli sorridere, anche questa volta.

Restarono lì a distribuirsi le armi, sorpresi dal loro stesso buonumore.

E ancor di più si sorpresero quando scoprirono che Tarzan non se n'era andato.

Mario non era un partigiano combattente.

Si era ritrovato nella brigata Garibaldi per disperazione, un mese dopo avere ricevuto la cartolina di leva.

Le armi gli avevano sempre fatto spavento, era l'unico della sua famiglia a non essere mai andato a caccia.

Non aveva risposto alla chiamata della Repubblica Sociale.

Restò a Case Bartoli, dove era nato e viveva con i suoi vecchi.

Cercò di far finta di niente, come se la cartolina non fosse mai arrivata, ma tutto agosto lo passò a correre a nascondersi nel fienile a ogni rumore sospetto.

Sapeva benissimo che non avrebbe potuto continuare a lungo con quel viavai.

Una notte, un omarino secco e lungo con una riga di baffi sopra le labbra venne a fargli una visita.

Era un fascista amico della Cristèna, la donna di suo fratello Giovanni.

Non arrivò dal viale di cipressi che saliva direttamente dal paese, ma per il sentiero tra il Rio della Nave e il Macello.

"Domani o dopodomani," lo avvisò, e se ne tornò indietro ingobbito e guardingo per lo stesso sentiero da cui era sbucato.

Mario non aveva nessuno a cui chiedere aiuto.

I cugini cresciuti con lui a Case Bartoli erano sfollati chissà dove e Gianì aveva lasciato casa da un pezzo. Era più vecchio di quindici anni e viveva a Casola con Cristèna e un figlio che doveva ormai avere due anni. Forse anche tre.

Si vedevano nei campi ogni giorno, ma non erano cristiani abituati a parlare. Erano di quella razza che più la parentela era stretta, più stavano in silenzio.

Mario ficcò in una bisaccia qualche calza pulita e due paia di mutandoni di lana rappezzati troppe volte.

Si fermò sull'uscio. Il soffitto era basso, le pareti coperte di fuliggine.

Dalle assi del pavimento salivano gli sbuffi dei buoi.

La vecchia stava riempiendo la fodera logora di un cuscino con le barbe del formentone, i piedi appoggiati sul camino spento. Il vecchio fissava il tavolo e tirava su con il naso. Parevano più i suoi nonni che i suoi genitori.

Mario avrebbe voluto dirgli due parole, ma a gente come loro nessuno si era mai preso la briga di insegnargliele, così fece il solito grugnito e scappò.

Aveva dei lontani parenti alle Banzuole di Baffadi, un cugino in seconda che era stato fratello di latte del vecchio.

Vivevano in un casolare di sasso al limitare tra i campi di grano e i castagneti.

Lo accolsero senza dire una parola, sistemandolo in un cantuccio pieno di spifferi nel sottotetto.

Visto che si sentiva in difetto a starsene rintanato in casa tutto il giorno, prese a dare una mano come bracciante.

Era nato in una famiglia di mezzadri e nonostante

fosse poco più alto di un bambino aveva una forza da uomo. Era un lavoratore infaticabile.

Come con la cartolina, fece finta di niente e per qualche tempo non pensò alla guerra.

Aiutò per la mietitura e con le bestie.

Alle Banzuole avevano due maiali e una creatura scheletrica a quattro zampe che un tempo doveva essere stata una pecora; li tenevano spariti in una baracca di legno in mezzo al bosco, per non farseli portare via dai soldati.

Con l'avvicinarsi del fronte, si intensificò il passaggio delle pattuglie di miliziani, che setacciavano la zona in cerca di ribelli e renitenti alla leva.

"Così va male," disse una sera Mario.

I bambini erano già a letto, rannicchiati tutti e quattro sullo stesso materasso. Nella cucina annerita dal fumo c'erano solo gli adulti.

La guerra non dimentica nessuno.

La sua presenza era una minaccia per tutti.

"Dove andrete?" gli chiese la 'zdora delle Banzuole. Era la più vecchia della famiglia e reggeva la casa.

Nessuno aveva mai parlato così a Mario, aveva appena diciott'anni e il voi si usava per i grandi.

Si rese conto di dover prendere la prima decisione da uomo della sua vita.

Nei due giorni seguenti Mario cercò inutilmente di farsi venire in mente qualcosa, finché il pomeriggio del terzo giorno si presentarono due ribelli.

Uno indossava un cappello da cowboy, come ne aveva visti una sera di mezzaquaresima al cinematografo, proiettato contro il muro scrostato del palazzo del podestà, a Casola.

Si erano avvicinati alle Banzuole guardandosi continuamente alle spalle.

Mario stava andando nella baracca delle bestie e alla vista delle armi si nascose dietro una cascata di vidalbora che scendeva tra due sambuchi.

La 'zdora, che stava già aspettando i ribelli sull'uscio di casa, vide Mario e gli fece cenno di avvicinarsi, che non c'era pericolo.

Lo mandò ad aiutarli a riempire dei sacchi di formentone. Appena furono colmi, quello con il cappello da cinematografo lasciò alla 'zdora una ricevuta, compilandola coscienziosamente con una punta di lingua tra i denti, come i bambini che imparano a fare di conto.

Quando fecero per andarsene, la vecchia li fermò.

"Un sacco lo porta lui," disse.

Mario ci mise un po' a capire.

"Devo finire di governare le bestie," disse.

La vecchia gli fece una carezza.

"Prendete un sacco, andate con loro," disse. Aveva delle mani che non si capiva se fossero di pelle o di corteccia.

"Mi raccomando," disse anche.

Mario annuì.

"Grazie," rispose. "Salutatemi tutti."

"Presenterò," disse la 'zdora.

Mario recuperò dal sottotetto la sua bisaccia con i mutandoni e le calze, si caricò in spalla uno dei sacchi di granturco e seguì i ribelli.

Aveva appena preso la prima decisione da uomo della sua vita.

"Io non sono buono a combattere," disse Mario.

"Vedremo," rispose Bob.

Gli aveva appena chiesto se voleva unirsi alla lotta partigiana.

Mario non sapeva nemmeno che cosa fosse, ma tutti quelli lì intorno erano armati e anche se non aveva studiato non era stupido.

"Sono un contadino," disse. Parlava piano, come capita alle persone nate in dialetto quando si sforzano di usare l'italiano.

Bob confabulò un poco con Bocì e con il Moro, il commissario politico.

Lo presero nel battaglione e lo dispensarono dalle azioni di combattimento.

Divenne il responsabile dei muli e dei cavalli della compagnia *Amato*.

A volte seguiva gli uomini nei casolari sparsi tra le montagne a requisire i viveri, o aspettava al riparo quando i suoi compagni piombavano in un mulino e macinavano il grano armi in pugno.

Rischiò di farsi cacciare quando per l'ennesima volta si addormentò sul più bello durante una delle lezioni di dottrina del commissario politico, rovinandogli tutto il discorso.

"La coscienza politica sarà fondamentale quando ci sarà da rimettere a posto 'sto macello," lo rimproverò il commissario Moro.

Mario gli rispose che se gli faceva vedere come agganciare la coscienza politica alle bestie, allora lui magari ci riusciva a spianare tutta la terra da lì a Riolo Bagni.

"Ma se è un discorso fatto solo di parole, non sono buono a usarlo," disse.

Per lui, ascoltare quei ragionamenti era come cercare di capire le chiacchierate tra Sergio e Giorgio, i due mitraglieri sovietici del battaglione.

Il commissario Moro e il comandante Bob restarono un pezzo a parlare tra di loro, finché il commissario non abbassò la testa e il comandante lo consolò posandogli una mano sulla spalla.

Mario era appena stato esentato dalle lezioni di politica.

Fino a quell'ottobre non aveva partecipato a un solo combattimento, ma per quanto cercasse di defilarsi, la guerra non voleva saperne di lasciarlo stare.

Finiva sempre per ritrovarsi da solo ad attendere il ritorno dei compagni, e i tedeschi se la prendevano con lui, sparandogli addosso da lontano per spaventarlo.

Li sentiva ridere, quando scappava con i cavalli, reggendosi le braghe di due taglie più grandi.

Le sue fughe a rotta di collo tra i boschi, inseguendo terrorizzato le bestie, ispirarono gli uomini della compagnia.

Non si faceva la lotta partigiana con il proprio nome di battesimo.

Una sera, distribuendo il rancio, Amato gli disse che d'ora in poi lui sarebbe stato Tarzan.

Nel rudere della chiesetta di Santa Maria in Purocielo, Tarzan decise di restare con il battaglione non per coraggio o per un'improvvisa voglia di combattere.

Era stanco, non mangiava da tre giorni. Aveva ancora i vestiti dell'estate e doveva portare i mutandoni uno sopra l'altro: erano così logori che in due non ne facevano un paio buono.

Sapeva che da solo non sarebbe mai riuscito a raggiungere il paese; e anche se ci fosse arrivato, non aveva dove andare.

I suoi genitori erano anziani, suo fratello uno sconosciuto; e non voleva rischiare di mettere in pericolo lui e il bambino. Forse aveva già tre anni.

La Cristèna, la donna di Gianì, era stata a lungo a servizio dai conti Torlonia; teneva sempre nella tasca del grembiale la foto del fratello Fosco quando era partito per la marcia su Roma. In realtà non era andato più in là della stazione di Faenza, perché avevano scoperto che aveva solo quattordici anni, però gli avevano dato la spilla come se ci fosse arrivato davvero.

Tarzan era solo, e aveva deciso di affidarsi al suo comandante.

E alla volontà del Padreterno, anche se il commissario Moro si affannava a dire che erano tutte patacche, trappole per proletari allocchi, e che il Padreterno non esisteva affatto.

Il battesimo del fuoco di Tarzan coincise con la battaglia di Ca' di Malanca.

La mattina del 9 ottobre si avvicinarono alla prima linea tedesca. Camminavano piano, così silenziosi che faceva più rumore il fiatone dei respiri che lo scalpicciare dei passi.

Impiegarono tutto il giorno ad arrivare.

La mattina del 10, il comandante Bob diede l'ordine.

"Garibaldini, all'attacco!" urlò.

Male armati, con le munizioni contate, si lanciarono contro i granatieri tedeschi.

Non riuscirono a sfondare.

I tedeschi contrattaccarono, e Bob fu costretto a far arretrare il battaglione fino al casolare di Ca' di Malanca.

Fece in tempo a piazzare gli Sten a sud-ovest della casa e la Breda da 37 mm dalla parte opposta, a quota 747 metri, dove avevano un'ottima copertura e un tiro pulito su tutta la zona.

La compagnia *Pirì* presidiava il sentiero che portava a Poggio Corneto, mentre la compagnia *Amato* venne schierata lungo il costone di fronte all'aia.

Gli uomini della compagnia *Biondo* e della compagnia *Paolo* erano appena dietro, in appoggio.

Tarzan stringeva tra le mani un Carcano modello 91.

Glielo aveva pulito e ingrassato Bocì in persona, mentre gli spiegava come funzionava.

Tarzan aveva capito come maneggiare l'otturatore, ma non come si mettevano i caricatori nuovi. Non disse niente.

Tutto intorno a loro, nei rivali e nei boschi, si avvicinavano i veterani tedeschi della 715ª divisione.

I colpi di mortaio arrivarono prima dei soldati.

Il vento portò i tonfi sordi dei tubi di sparo, come di bidoni di latta schiacciati, poi le esplosioni.

Terra e sassi ricadevano sulla testa, le schegge ticchettavano come grandine sul tetto di Ca' di Malanca.

Le artiglierie da campagna dell'VIII armata piazzate due monti più in là risposero con gli 88/27.

Il tiro era troppo corto, e le bombe da cinque chili scoppiavano tra le compagnie del Bianconcini.

Bob cercò un volontario disposto a rischiare la pelle per sgattaiolare tra le linee tedesche, raggiungere gli inglesi e chieder loro, per cortesia, o di aggiustare il tiro o di darci un taglio.

Ci provarono in due, ma tornarono indietro subito. Erano circondati, impossibile passare.

Fece allora issare la bandiera della brigata, il tricolore con la stella rossa cucita in mezzo, su un palo di legno in cima al tetto, nel caso ci fosse nascosto da qualche parte un osservatore alleato sul versante tedesco di Monte Cece.

Di solito gli esploratori alleati erano i guerrieri nepalesi del 10° Gurkha. Sgozzavano nel sonno le SS con i loro kriss ricurvi, e tutti quanti, partigiani compresi, ne avevano paura.

Granate di mortaio e bombe continuavano a piovere dal cielo grigio.

D'un tratto un altro rumore, ancora più potente di quello delle artiglierie, fece tremare il terreno; pareva l'annuncio della fine del mondo.

Era una fortezza volante americana in fiamme, che tornava a Grosseto dopo aver bombardato Bologna. Stava precipitando, ma tale era la confusione a Ca' di Malanca che nessuno poi se ne ricordò. La trovarono solo a guerra finita.

Tarzan teneva gli occhi chiusi e sobbalzava a ogni scoppio.

Aprì gli occhi in tempo per vedere Bocì falciare con una raffica di Sten due soldati tedeschi che stavano prendendo di lato quelli della *Pirì*.

Uno gemette nella sua lingua incomprensibile, prima di tacere per sempre.

I tedeschi erano troppi, e le bombe creavano scompiglio tra le compagnie, costrette ad abbandonare le postazioni di difesa per mettersi al riparo.

Bob ordinò di ripiegare dietro la casa, verso le mitragliatrici, che erano in posizione più riparata.

Tarzan non riusciva a muoversi.

Le urla dei feriti erano coperte dai secchi ordini degli ufficiali tedeschi.

Bocì cercava di farsi sentire sopra il fragore delle esplosioni e la regolare litania della Breda da 37 mm.

"Ripiegare!" urlava. "Dài, burdel!"

"Si dice tabac!" gli rispose prontamente una voce da dietro la casa, e tra i colpi di mortaio e i fischi delle pallottole qualcuno si mise pure a ridere.

Tarzan riuscì a tirarsi in piedi.

Distava dalla casa venti metri a dire tanto.

Si trovò di fronte la canna di un fucile e, attaccato al fucile, un tedesco che prendeva la mira.

La pallottola gli fischiò a una spanna dalla guancia.

Ci fu un altro colpo secco.

Il soldato guardò negli occhi Tarzan, quasi volesse scusarsi, poi cadde a faccia in giù, come un sacco pieno di paglia.

Tarzan si piegò in avanti e vomitò.

I colpi dei mortai cessarono. I tedeschi erano scomparsi. Li sentiva parlare nascosti dietro il costone di fronte all'aia; non serviva conoscere la loro lingua per capire, erano troppo esposti al tiro della mitragliatrice pesante e stavano decidendo cosa fare.

Distinse nitida la voce di Bob.

"Quota 747! Subito!" ordinava. "Tutti a quota 747!"

Il battaglione aveva perso venti uomini, tra cui due comandanti di compagnia, e c'erano dei feriti.

Quelli che non erano in condizione di raggiungere le postazioni delle mitragliatrici furono mandati verso Torre Cavena, un rifugio dei partigiani dove era stata improvvisata un'infermeria.

I feriti che potevano reggersi sulle gambe trasportavano quelli più gravi.

Tarzan si arrampicò a occhi chiusi verso quota 747, affondando le unghie nel fango, e si buttò a sedere di fianco alla Breda.

Giorgio e gli altri inservienti stavano approfittando della pausa per mettere ordine tra i caricatori e raffreddavano la mitragliatrice versando acqua sul panno avvolto intorno alla canna.

Sergio gli sorrise, allungandogli una sigaretta già accesa. Tarzan se la mise in bocca senza dire niente.

Non aveva mai fumato in vita sua.

I tedeschi decisero che era ora di finirla lì, e lanciarono un nuovo attacco.

Li vedeva dall'alto, uscire allo scoperto dal costone dove prima era schierata la sua compagnia.

Gli Sten e la Breda li falciavano appena mettevano i piedi in piano.

Tarzan si coprì le orecchie con le mani, tenendo il capo chino.

Gli artiglieri della 715ª intanto avevano ricalibrato il tiro e cominciarono a bersagliare la quota 747 con i mortai.

Colpi sordi di latta schiacciata, a raffiche di quattro.

Tarzan non si accorse neanche dell'esplosione.

Sentì una fitta sul fianco.

Una granata, pensò.

E poi: Guarda com'è facile morire.

Riprendeva i sensi poco alla volta, e poi li perdeva di nuovo.

Lampi di lucidità seguivano un buio fatto di urla e

degli scatti metallici dei caricatori vuoti che saltavano via dai fucili.

In uno di questi lampi vide Sergio. Aveva rovesciato la Breda e ci era sdraiato sopra. Gli inservienti cercavano di toglierlo per riprendere a sparare. Aveva la testa spaccata.

Tarzan svenne.

Un altro lampo di luce; c'era un pezzo di intestino che gli usciva dal fianco.

Svenne di nuovo.

Vide poi una mano sopra la ferita, ma non sapeva di chi era. Perse ancora i sensi.

Quando gli tornò la luce, la ferita era stata chiusa legandogli stretta intorno alla vita la camicia di Sergio.

Era inzuppata del sangue di entrambi.

Sentì umido tra le gambe.

Non era appiccicoso come il sangue; si era fatto la pipì addosso.

Sentì di essere sul punto di mancare un'altra volta.

"Dài," gli disse una voce.

Bocì lo stava tirando in piedi.

"Dài burdel, che vai a casa," disse.

"No, si dice..." sussurrò Tarzan, e svenne ancora.

Lo affidarono a un altro partigiano, gli sembrava uno della compagnia *Mao*.

Mao era morto, di fianco alla casa. Tarzan aveva scavalcato il suo corpo durante il ripiegamento.

Il partigiano a cui si teneva aggrappato aveva una buffa fasciatura intorno alla testa, come il turbante dei Gurkha, però pendeva da un lato e aveva tutta l'aria di poter cadere da un momento all'altro.

I tedeschi avevano preso Ca' di Malanca.

"Via di qua!" gridava Bob. "Tutti gli abili su per il crinale!"

Tarzan e il partigiano con il turbante non ci sarebbero mai riusciti a tenere il passo, non con quella pendenza.

Potevano solo arretrare nella boscaglia senza farsi vedere, e poi prendere la direzione per Torre Cavena.

Prima di mettersi in cammino, Tarzan si voltò.

I sopravvissuti del battaglione Bianconcini si arrampicavano sotto i colpi verso il crinale, braccati dai tedeschi, cercando il riparo degli alberi e delle rocce.

Su in alto il comandante Bob, allo scoperto, sventagliava con la Breda coprendo la ritirata dei suoi uomini.

Avvicinandosi al rifugio, venne loro incontro una ragazza.

Poteva avere quindici o sedici anni.

Portava un paio di occhiali con le stecche tenute insieme da fili di canapa.

Si chiamava Genoveffa e da quando era arrivato il fronte aveva preso l'abitudine di scappare di casa per fare la staffetta dei partigiani. Quando il padre riusciva a rintracciarla se la riportava indietro, finché lei non scappava di nuovo.

Si mise all'altro fianco di Tarzan, e aiutò l'uomo della *Mao* con la buffa fasciatura in testa a trasportarlo.

Tarzan cominciava ad avere freddo e la ferita pulsava.

Arrivarono al rifugio.

Torre Cavena era una delle frazioni più remote tra i comuni di Casola e Brisighella, una manciata di costruzioni in sasso strette intorno a una minuscola cappella, con un campanile corto e così stretto che non ci passava nemmeno la corda, che penzolava dal muro esterno.

Era stato per secoli un borgo di taglialegna e carbonai, e prima della guerra ci vivevano in duecento.

Tarzan si aspettava di trovare un viavai di gente indaffarata e di bambini cenciosi, che erano sempre incuriositi dagli uomini armati.

Dalle vallate lontane di Ca' di Malanca continuavano a rieccheggiare i tonfi sordi dei mortai e delle fucilate. Quando tacevano, lasciavano il posto al triste fischio del vento tra gli alberi spogli.

Torre Cavena era deserta.

La cappella era distrutta, le pareti delle casupole intorno erano crollate; dai tetti sfondati spuntavano i monconi carbonizzati delle travi.

Due gazze smagrite saltellavano indisturbate tra le tegole di ardesia spezzate e giravano la testa attorno, come in attesa di qualcosa.

A riceverli non c'era che un ragazzo ossuto e pallido, ancora più giovane di Genoveffa.

Stringeva al petto una doppietta con il calcio rotto, e faceva da sentinella nello spiazzo davanti all'unico edificio ancora in piedi.

La doppietta, più grande di lui, aveva l'aria di essere più pericolosa a tenerla in mano che a trovarcisi davanti.

Avvicinandosi di qualche passo, sentirono i lamenti dei feriti.

Alcuni bestemmiavano. I più piangevano.

"Avete chiamato Teresa?" chiedeva una voce. C'era una terribile urgenza nella sua intonazione.

Tarzan e l'uomo con la testa fasciata si fermarono insieme, come attraversati dallo stesso pensiero.

Genoveffa aveva continuato a camminare e fu colta di sorpresa; i suoi passi scalpicciarono solitari sul fango.

"Chiamate Teresa!" disse la voce. Lo chiedeva come avrebbe fatto un bambino invocando la mamma, risvegliandosi da un brutto sogno.

Tarzan non riusciva a parlare, così prese a scuotere la testa e a opporsi agli strattoni di Genoveffa, per quanto lo consentivano le sue forze.

"Io piuttosto muoio qui fuori," disse per tutti e due l'uomo della *Mao*.

Il ragazzino li guardava.

Il sudore faceva luccicare la peluria sopra il labbro. Le dita che stringevano la doppietta erano bianche.

Tarzan girò la testa verso l'uomo che lo sorreggeva. Anche se aveva la vista annebbiata, gli piantò lo sguardo addosso.

La buffa fasciatura era marrone, il sangue era sceso sugli occhi, seccandosi. Pareva non vederci bene nemmeno lui.

Ma doveva aver sentito addosso la stessa cosa. C'era qualcosa, in quel modo di chiamare Teresa, che era ancora peggio della battaglia a cui erano sopravvissuti.

"Eh?" disse Genoveffa, che non capiva.

"Andiamo via," disse Tarzan. Sperò di averlo detto abbastanza forte da farsi sentire, perché a lui pareva di aver solo bisbigliato.

La giovane sentinella era sempre lì immobile, con quella doppietta troppo grande tra le mani, e non diceva una parola, quasi li avesse scambiati per tre fantasmi.

"Teresa!" gridò disperata la voce un'ultima volta.

Nonostante il dolore alla ferita, Tarzan e quello della *Mao* girarono sui tacchi con un tale impeto che si trascinarono dietro Genoveffa. Inciampò e gli occhiali le scivolarono sulla punta del naso.

Al calare della notte, una compagnia dei granatieri della 715ª trovò il rifugio e tutti i feriti furono portati all'ospedale militare di Brisighella.

Un medico tedesco che era stato per qualche tempo prigioniero dei partigiani, poi rilasciato in vista di un possibile scambio di favori, cercò di metterli al sicuro imboscandoli tra i soldati feriti.

La milizia tentò di mediare, ma il comando della Brigata Nera non volle sentire ragioni.

Vennero portati al poligono di Bologna e fucilati due giorni dopo.

Il ragazzino con la doppietta, no.

Si era preso una raffica di mitra già nello spiazzo.

Gianì, 2002

Gianì cominciava a riprendersi da una complicata operazione alla cataratta. L'anestesia gli aveva dato fastidio, e aveva dovuto ricominciare da capo a parlare e camminare.

Prima dell'operazione era andato a lavorare nel campo; il giorno dopo, non riusciva ad alzarsi dal letto.

Nell'ultimo anno aveva riacquistato la parola e l'uso delle gambe. Migliorava a vista d'occhio, ma per camminare gli serviva ancora la zanetta e se doveva andare in qualche posto bisognava accompagnarlo.

Aveva un gruppetto di amici che passavano il tempo sulla panchina semicircolare davanti alla Lavanderia Modernissima, all'ombra di un'immensa magnolia.

Erano in sei, tutti sopra gli ottanta, a parte Ciapernè che di anni ne aveva fatti solo settantasei, e visto che era ancora giovane fumava le Esportazione senza filtro.

Quando tirava vento, le loro voci venivano coperte dallo scricchiolio delle foglie e dovevano allungare il collo per sentirsi.

A volte al gruppetto si univa Carlo di Nedina, il marito della perpetua, che però partecipava agli incontri senza uscire di casa: la parrocchia era dall'altra parte della strada e a lui per chiacchierare bastava affacciarsi alla finestra della camera da letto, con i gomiti sul davanzale, in mezzo ai vasi di gerani.

Avevano tutti la zanetta, tranne Gino della Verdura, che con i suoi novant'anni era il più vecchio ma guidava ancora la macchina. Portavano anche il cappello, a parte Cantoni, che solo quando faceva molto caldo si annodava un largo fazzoletto sulla testa. L'aveva imparato da un soldato australiano durante la prigionia in Africa, e gli era poi tornato utile nella sua vita da muratore, specialmente quando c'erano da posare le tegole in estate.

I posti erano fissi e vuoi per il contegno, vuoi per la forma a semicerchio della panchina, sembrava un piccolo Montecitorio.

Gianì non era un chiacchierone.

In famiglia rispondeva a mugugni e brontolii. Le poche frasi intere gli uscivano in dialetto quando faceva brutti sogni e si lamentava nel sonno. A volte neanche quelle: singhiozzava e basta.

Gianì piangeva spesso di notte, specialmente quando era ancora viva la sua Cristèna, che aveva sempre qualcosa da rinfacciargli e riusciva a rimproverarlo anche dormendo.

Ma da quando Cristèna si era avviata, vent'anni prima, le sue notti si erano fatte più tranquille.

Gianì ci stava controvoglia, sulla panchina. Aspettava con ansia il momento di poter tornare nei campi. Un momento che tutta la sua famiglia aspettava invece con terrore.

Da sempre, alla fine di ogni stagione, Gianì riusciva

a produrre l'Albana migliore che si fosse mai vista e a rimetterci una valanga di soldi.

Aveva già fatto portare il suo tre ruote Apecar da Omero il meccanico, in modo da averlo già pronto quando sarebbe giunta l'ora di rimettersi a faticare.

Il muso imbronciato gli andava via solo quando gli altri smettevano di parlare di politica e si mettevano a guardare le donne.

Succedeva ogni pomeriggio verso le quattro e mezzo, quando il marciapiede diventava tutto un avanti e indietro di mamme e nonne che correvano a prendere i bambini a scuola.

Le donne erano un argomento in cui Gianì teneva banco senza aver nemmeno bisogno di aprire bocca.

Un sorriso sghembo gli piegava le labbra; sapevano tutti delle sue innumerevoli amanti.

Dalle case popolari alla panchina c'erano sì e no trecento metri, ma via Rimembranze era in discesa e nonostante le sue proteste non si fidavano ancora a lasciarlo andare da solo.

Se gli lasciavano libero il braccio, cedendo alle sue insistenze, la pendenza gli faceva prendere velocità e non riusciva a fermarsi.

Passava sulla panchina la mattinata intera e se ne aveva voglia si faceva riportare lì alle tre del pomeriggio. Tornavano a riprenderlo quando il campanile suonava il vespro.

Se arrivava che Carlo non era alla finestra e non c'era ancora nessuno, lasciava che l'aiutassero a sedersi.

Ma se uno tra Gino della Verdura, Gè Zoppo, Ciapernè e Cantoni era già lì, a pochi passi dalla panchina si liberava con uno strattone, grugnendo, e si accomodava da solo, con aria trionfante.

Un pomeriggio litigò con Ciapernè per una sciocchezza: tra uno sbuffo di fumo e l'altro, Ciapernè aveva messo in dubbio le sue arti amatorie. Tutti gli altri si permisero di riderci sopra, e se la prese anche con loro.

Gianì era uno che poteva dire di tutto a chiunque, ma guai a chi diceva qualcosa a lui.

Piantò su il muso e fece per tornarsene a casa.

"Aspettate che mandiamo a chiamare qualcuno," disse Gino della Verdura.

Non l'avesse mai fatto; Gianì si offese ancora di più.

Era permaloso e testardo, come tutti quelli della sua razza.

Più gli dicevano di rimettersi a sedere, di non fare lo zemplo, più si convinceva di fare a modo suo e, puntellando il peso sul manico ricurvo della zanetta, cercava di tirarsi su.

A forza di darci riuscì a mettersi in piedi, e li guardò con quella sua aria di chi ne sa più di tutti gli altri. Si girò per venire verso casa, ma mise un piede male oltre il bordo del marciapiede, e cadde.

Sembrava una cosa da niente.

Carlo sghignazzava nascosto dietro i gerani, mentre Ciapernè e Cantoni lo tiravano su.

Gè Zoppo poté offrire solo un sostegno morale, gli era rimasta la gamba rigida da ragazzo, quando gli era scoppiata una mina mentre cercava di smontarla per rivendere il ferro.

Ciapernè corse a telefonare a casa e andarono a prenderlo.

Nicoletta, la figlia più piccola, invece di riportarlo alle case popolari decise di accompagnarlo direttamente in ospedale, per stare più tranquilli.

Le gambe erano a posto, si fosse spezzato il femore sarebbe stata una condanna a morte.

La spalla destra però era rotta.

Aveva una bella ammaccatura, proprio sopra la cicatrice della ferita di guerra, il colpo di carabina durante la campagna di Grecia.

Obbligò Nicoletta a raccontare alle infermiere di quando era tornato a casa con il braccio mezzo fracassato, giusto in tempo per la mietitura. Nemmeno una pallottola lo aveva tenuto lontano dalla terra.

Anzi. Pensava di dover ripartire una volta guarito, ma nessuno lo aveva più cercato. Forse perché a trent'anni suonati cominciava a essere troppo vecchio per l'esercito.

Mentre Nicoletta raccontava e le infermiere del pronto soccorso gli medicavano le escoriazioni e gli infilavano il tutore, lui gonfiava il petto; pareva gli stessero appuntando una medaglia al valore.

Era l'ultimo della famiglia di quella generazione; nessun altro aveva visto l'arrivo del 2000.

Glielo si leggeva negli occhi che era una delle cose di cui più andava fiero.

Aveva ottantanove anni.

Quella sera tornò spavaldo e serio come sempre: si era già rotto una spalla, non era niente di che.

Uno sciocco contrattempo.

Poi entrò in casa e tutto cambiò.

Il dolore era insopportabile.

Abitava nello stesso appartamento delle case popolari dove si era trasferito nel '39.

Dall'altra camera, Nicoletta e io lo sentivamo lamentarsi tutta la notte.

Ci alzavamo a turno per provare a calmarlo.

Ma erano pianti inconsolabili, come quelli dei bambini appena nati.

La spalla era quella su cui di solito si addormentava. Aveva dormito su quel fianco tutta la vita, e non ci riusciva in nessun altro modo.

Continuava a occupare solo la sua metà del letto matrimoniale, anche se Cristèna non c'era più.

La dottoressa La Porta disse di portare pazienza, che sarebbe passata, e gli prescrisse delle gocce per aiutarlo a dormire.

Le gocce non fecero mai effetto, ma la frattura si ricompose, nel tempo in cui si ricompongono ossa vecchie quasi un secolo.

Gianì si faceva vestire da lavoro, con le braghe di tela sformate e le canottiere di lana consumate da infiniti lavaggi, massaggiandosi la spalla.

Quando qualcuno gli proponeva di fare un salto alla panchina sotto la magnolia, diventava cattivo.

Ce l'aveva ancora a morte con Ciapernè e gli altri. Era una cosa stupida, ma cercare di spiegarlo a lui era come insegnare l'abecedario a un somaro.

C'era un piccolo divano in casa, contro la parete di fronte al vano della cucina. Stava seduto lì, con le mani intrecciate in grembo, vestito di tutto punto per i campi, e aspettava.

Si addormentava con la bocca aperta, riposandosi dalle notti insonni.

Quando si svegliava, grugniva e singhiozzava.

Le notti passavano tutte uguali.

Nicoletta si alzava solo quando le urla rischiavano di svegliare i vicini del piano di sopra. La sentivo camminare al buio a piedi scalzi fino all'altra camera.

Aveva smesso di provare a consolarlo.

Quando la luce si accendeva, lo sgridava.

Sentivo il cuore battermi forte, e un grande vuoto mi si apriva nello stomaco.

Poi Nicoletta tornava a letto, e l'appartamento ripiombava nel buio.

Il silenzio durava un attimo, nemmeno il tempo di riprendere sonno, e Gianì ricominciava da capo.

Parevano ritornati i tempi di quando al suo fianco c'era Cristèna, che gli rimproverava nel sonno antiche malefatte.

Cercavo di capire cosa diceva, tra un singhiozzo e l'altro, ma grugniva in dialetto.

Provavo pena per lui.

Stava per un po' in silenzio, come in ascolto delle nostre reazioni, e se Nicoletta non si alzava riprendeva a piangere e a mugugnare.

Fu in quelle notti deliranti, nascosto sotto le coperte, con il cuore che mi batteva tra le orecchie e il cuscino, che cominciai a conoscere davvero Gianì.

Nessuno dei suoi amici aveva avuto più donne di lui, e in paese era famoso per la sua virilità, che non mancava mai di sottolineare.

Era quello che era tornato dalla campagna di Grecia conservando la pallottola che lo aveva ferito; la vedevo tutti i giorni, appesa al suo portachiavi.

Se si voleva spremere dai grappoli l'Albana migliore, bisognava chiamare lui.

Era vero.

Quando la versavi, aveva un colore che pareva oro fuso.

Ma quello che nessuno fuori di casa sapeva era come i poderi che si ostinava a prendere in affitto gli mangiassero puntualmente tutta la pensione.

La sua non era una famiglia di contadini come quella in cui era cresciuto. Per lavorare doveva assumere braccianti, e per pagarli si indebitava; i buchi li tappava Nicoletta con lo stipendio da portalettere.

Una volta si mise in testa di aprire un allevamento di maiali.

Durò un paio di mesi, quanto bastava per sperperare i risparmi di Cristèna.

Non si sa come, ma all'ultimo momento trovava sempre i soldi per gettarsi in qualche altra impresa bislacca. Se non c'erano vigneti, erano campi di albicocche. O di pesche.

I suoi fallimenti restavano dentro l'appartamento delle case popolari, e quando in casa glieli sbattevano davanti al muso e provavano a farlo ragionare, se la svignava offeso, tirandosi dietro l'uscio.

Era stato un pessimo padre per le sue figlie e per il suo primogenito.

Paolo era scappato di casa a tredici anni, per andare a lavorare in Svizzera, e non era più tornato.

Gianì piangeva, e quando non era per il dolore alla spalla era per i rimorsi.

Nel dormiveglia, evocava persone e cose che non esistevano più da tanto tempo. Ne parlava come se fossero ancora lì.

Come se nella sua piccola camera, intorno al suo letto, ci fossero i fantasmi a pretendere le scuse.

La spalla non recuperò mai la mobilità di prima.

A quell'età era impossibile, e non riusciva più a lavarsi da solo.

Eravamo Nicoletta e io a pulirlo dopo che aveva fatto i bisogni.

Quando gli facevo la doccia, leggevo nei suoi occhi la pena e l'umiliazione.

A volte, il suo corpo raggrinzito era percorso come da un brivido, quasi cercasse di urlare, ma riusciva solo a piangere e a grugnire.

Era nato e cresciuto in tempi difficili, venuto su come una bestia.

Con le bestie a quattro anni aveva cominciato a lavorare nei campi e come le bestie aveva imparato a esprimersi.

Ululati di gioia o grugniti, nient'altro.

Ogni tanto una lacrima, una sola, grossa come un chicco di sambuco, gli veniva giù da un occhio.

Credo non avesse le parole per dire quello che sentiva.

La fatica aveva riempito la sua vita, nessuno gli aveva mai insegnato altro.

Credo fosse per quello che si era sempre ostinato ad affittare poderi che continuavano a fargli perdere soldi. Probabilmente non gli interessava il guadagno.

Si comprava l'appartenenza all'unico luogo in cui sapeva fare qualcosa. .

Faticare. Lavorare la terra.

Poco importava che praticamente la irrigasse con il suo sangue e con quello della sua famiglia.

In mezzo ai filari, c'era solo Gianì.

Ma senza la terra in cui scappare la mattina all'alba fin dopo il tramonto, di lui non restava che il fallito, il padre assente; il marito che correva dietro alle donne.

Ecco cosa c'era seduto sul piccolo divano, ostinatamente vestito da lavoro: un uomo che aveva sbagliato tutto. La sua salvezza era lontana, in quei campi in cui sapeva che non sarebbe mai più riuscito a tornare.

Tarzan, 1944

Procedettero con cautela nei boschi, tenendo la direzione per la valle del Senio.

Quando sentivano dei rumori si fermavano o cambiavano direzione, deviando in larghi giri ma sempre puntando a nord.

L'uomo ferito alla testa non vedeva per via del sangue raggrumato, Tarzan sembrava svenuto anche quando era sveglio. Gli unici occhi buoni erano quelli di Genoveffa, che avevano comunque bisogno di un paio di occhiali tenuti su dalla canapa.

L'eco di sporadici colpi si propagava dalle cime più lontane, facendosi strada nella sera.

Scendeva rapida, e non si poteva continuare a camminare di notte.

C'era da perdersi, col rischio di tornare indietro per sbaglio.

Peggio ancora, si rischiava di ruzzolare giù per i rivali, come Tullio di Val di Fusa, che nel '42 era volato di sotto con la cesta di capponi che stava portando in paese. Si erano rotti l'osso del collo anche loro.

Genoveffa li fece sedere.

"Aspettate qui," disse. La sentirono andarsene con un fruscio.

I suoi passi leggeri si allontanarono strizzando le foglie marce e i ramoscelli inzuppati dalla pioggia, poi più niente.

Tarzan aveva le ossa gelate, ma la carne intorno alla ferita bruciava e sembrava contorcersi.

La testa fasciata del partigiano della *Mao* ciondolava da una parte all'altra.

Il tempo aveva un modo tutto suo di passare, nel bosco.

Ogni colpo di vento tra gli alberi era uguale a quello successivo, e poi a un altro ancora; dopo un poco si perdeva il conto.

Se Tarzan avesse visto almeno una volta il mare, gli avrebbe ricordato le onde.

Passò un colpo di vento o forse ne passarono un'infinità, poi Genoveffa tornò.

"Andiamo," disse.

Aveva trovato una grotta.

Non lo era.

Le grandi piogge di quell'autunno del '44 avevano scavato il terreno sotto due grandi castagni, lasciando una rientranza sotto i tronchi larghi e contorti.

Ci strisciarono dentro.

Radici grosse come braccia, vecchie di secoli, stringevano terra e pietre come due grandi pugni.

Era una buca umida e fangosa, ma riparata e distante dai sentieri che si intrecciavano in quella zona.

Solo una sottile striscia rivoltata da piccole orme indicava il passaggio di qualche animale selvatico, forse lepri o istrici. Cinghiali e caprioli erano fuggiti nei valloni più remoti, sfollati anche loro come i cristiani.

C'erano solo il vento e l'odore del terriccio fradicio.

Respiravano piano.

Genoveffa e l'uomo con la fasciatura perché avevano paura, Tarzan perché oltre a quella aveva poco fiato.

Continuava a perdere il giudizio e nei brevi sogni della febbre sentiva la voce del ricovero che chiedeva di Teresa.

Si svegliava di colpo con il cuore di traverso nella gola.

A volte gli sembrava di indovinare i richiami delle pattuglie tedesche, in quella lingua incomprensibile che lo spaventava a morte.

Cominciò a singhiozzare.

Il partigiano della *Mao* gli mise la mano davanti alla bocca, cercandola a tentoni.

Le dita erano sporche e Tarzan sentì sulle labbra il sapore della terra.

Ebbe nitida, anche se non avrebbe mai saputo esprimerla a parole, la coscienza di sé, lontano da casa, solo, sotto terra.

Stava morendo sepolto vivo.

Si svegliò all'alba e si accorse che Genoveffa non c'era più.

L'uomo con la fasciatura stava ancora dormendo.

Non lo conosceva.

Molti partigiani venivano dai paesi della Bassa.

Nella compagnia *Mao* c'erano due cecoslovacchi, uno di loro era famoso perché portava le cartucciere incrociate sulla pancia e in testa un larghissimo cappello.

49

Il commissario politico gli aveva spiegato che era un sombrero messicano.

Tarzan aveva annuito, ma si era vergognato di confessare che anche se aveva capito che il sombrero era il cappello, non sapeva cosa volesse dire messicano.

Ma era certo che l'uomo al suo fianco, addormentato sotto i castagni secolari, non era straniero. L'aveva sentito parlare e avevano lo stesso accento.

Lo osservò attentamente.

Temette che fosse morto.

L'idea che Genoveffa li avesse abbandonati credendoli morti entrambi gli mozzò il respiro.

Poi il partigiano si svegliò, sospirando e cambiando posizione.

Sbadigliò cercando di stiracchiarsi e si girò con una calma che pareva avesse dormito tutta notte su un letto pulito, con un cuscino soffice sotto la testa, e non sotto delle radici nodose, impastato al fango.

Forse stava sognando casa sua.

Quando tentò inutilmente di aprire gli occhi ricoperti dal sangue secco, Tarzan vide le immagini di quel sogno scivolargli giù dal viso, lasciando il posto alla sorpresa e infine alla consapevolezza.

I muscoli della mascella si strinsero sotto la pelle.

"Che due maroni," disse l'uomo.

Sorrisero.

Non era la bestemmia che ci si sarebbe aspettati, non tirò in mezzo Dio o il Duce o i tedeschi come si faceva di solito.

"Che due maroni," ripeté. Così, semplicemente, come quando per l'ennesima volta ti tocca una mano di lisce a briscola.

Risero fino a tossire.

Poi tornò il silenzio, rotto dal vento che passava tra i rami.

"Dov'è?" chiese infine Tarzan, quando trovò abbastanza coraggio per aprire bocca.

Il cuore gli saltava nel petto come un forsennato, mentre aspettava la risposta.

Non sarebbero andati da nessuna parte da soli.

Il compagno era cieco e la ferita sul fianco era un tizzone ardente conficcato nella carne viva.

Il partigiano sorrise.

"È andata a chiamare vostro fratello," disse.

A Tarzan mancò il fiato.

In comune avevano che erano uguali.

Tarzan andava per i diciannove, ma si vedeva già che avrebbe perso i capelli negli stessi punti in cui li stava perdendo suo fratello maggiore.

Avevano le stesse grandi orecchie, non proprio a sventola, ma lunghe e larghe, con lobi carnosi appesi in fondo.

Il torace era ampio e le spalle muscolose. La schiena larga si piantava in un sedere piatto e sfuggente, da cui partivano le gambe sottili.

Come tutti i maschi di quella razza, avevano i mignoli uncinati dalla nascita, cosa che alle femmine non capitava.

Erano uguali nel taglio degli occhi, sottili e ricurvi come la lama dei falcetti, nelle sopracciglia lunghe da civetta e nelle labbra sottili.

Sarebbero stati come gemelli, nati a quindici anni di distanza l'uno dall'altro, se non fosse stato che Tarzan era alto poco più di un metro e mezzo e sembrava la versione in miniatura di Gianì.

A parte l'altezza, l'unica differenza visibile tra i due era il colore degli occhi.

Gianì li aveva come tutti quelli di famiglia, del marrone fangoso di un campo arato dopo un acquazzone.

Tarzan li aveva blu. Non azzurri. Blu. Come l'acqua del fiume nella profonda pozza sotto il rivale della Breta.

"È andata a chiamare vostro fratello," disse il partigiano ferito.

Tarzan smise di respirare, sbattendo le palpebre sporche di terra. Nonostante il freddo stava sudando, e gli bruciavano gli occhi.

L'altro capì al volo che c'era qualcosa di strano. Il silenzio di Tarzan diceva tutto.

"Com'è che non siete contento?" chiese.

Glielo chiese girando la testa verso di lui, come volesse guardarlo in faccia, ma sbagliò mira per via che era cieco come una talpa, e così fece la domanda alle radici del castagno proprio sopra la testa di Tarzan, che non rispose niente.

Non era questione di essere contenti.

Era ridotto in un modo che, chiunque fosse venuto in soccorso, lui gli si sarebbe affidato a braccia aperte.

Aveva male, era sfinito e affamato.

Si sarebbe gettato anche tra le mani della Brigata Nera, piuttosto che stare ancora lì.

In verità, non sapeva se suo fratello sarebbe venuto.

Tarzan era un ragazzino, Gianì aveva superato la trentina.

Erano due estranei nati dagli stessi genitori, solo che quando avevano avuto il maggiore erano una coppia giovane, nel fiore degli anni. Ma la loro era una vita che ti faceva invecchiare in fretta, e Mario gli era nato che erano già diventati anziani.

Tarzan aveva vissuto con il fratello i suoi primi anni, e nemmeno se li ricordava.

Gianì abitava in paese ormai da tempo, e da parecchio stava con Cristèna e con quel figlio che gli era venuto al mondo allo scoppio della guerra. Sì, forse ne aveva già compiuti tre.

Gianì aveva i suoi amici e, stando alle voci che giravano, le sue amanti; conduceva un'esistenza di cui Tarzan non conosceva nulla, se non per sentito dire.

Si incrociavano nei campi e non si scambiavano una parola.

Quando Tarzan aveva cominciato a gattonare curioso intorno a casa, Gianì era un ragazzo di quindici anni, con responsabilità da uomo.

Non andava a scuola, non scendeva mai in paese; non c'era tempo libero.

I figli delle stirpi di braccianti campavano come le bestie.

Si svegliavano con i buoi, con i buoi andavano a tribolare nei campi.

Di fianco ai buoi tornavano a casa, e le bestie erano più fortunate dei cristiani, perché mangiavano per prime.

Con loro dormivano, le bestie al piano terra e la famiglia di sopra, per sfruttarne il calore; i buoi si sentivano scalpicciare tra le assi sconnesse del pavimento, con sbuffi di respiri che facevano vibrare le larghe narici.

Gli unici suoni di quella vita erano i muggiti sotto il peso dei gioghi e i grugniti degli uomini aggrappati agli aratri.

Le poche parole che servivano erano quelle del dialetto e nominavano gli attrezzi da lavoro.

Una volta cresciuto abbastanza per parlare, Tarzan non aveva nessuno in casa con cui farlo.

Gianì aveva già l'età da poter andare in osteria o a veglia nei casolari per conto suo, e quando tornava, se tornava, si buttava nel letto, facendo scricchiolare le barbe di granturco cucite dentro ai due vecchi lenzuoli che usavano come materasso.

Il loro babbo si addormentava subito dopo mangiato, appena faceva buio, e la vecchia mamma si appisolava sulla sedia, i piedi infilati nelle pantofole sfondate poggiati vicino alle ultime braci del focolare, con i vestiti da rammendare e i ferri in grembo.

Gli amici di Tarzan erano i cugini, tutti suoi coetanei.

Con loro scherzava e si divertiva quando non c'era da lavorare.

Erano loro i suoi fratelli.

Quello che rincasava a notte fonda dagli incontri clandestini, gettandosi nel suo stesso letto, era una creatura misteriosa che gli somigliava molto, ma di cui conosceva solo la cadenza del respiro e l'odore.

Avevano dormito per anni uno di fianco all'altro, nella notte, senza mai dirsi niente, respirando e basta, come i buoi sotto il pavimento.

"Di dove siete?" chiese Tarzan al partigiano ferito.

Non voleva pensare a Genoveffa che li aveva lasciati da soli e a quello che sarebbe successo.

La voce gli si strozzava in gola, per via di tutti i mali che aveva addosso.

"Castello," rispose l'altro.

Castel Bolognese era il paese giù in fondo alla valle, tagliato a metà dalla Via Emilia.

Sarebbe stata la stessa cosa se avesse detto "Parigi" o "Berlino": Tarzan non era mai andato più in là di Riolo Bagni, che stava a metà strada.

"Avete del grano, laggiù," disse.

Castel Bolognese era in piano e aveva sentito dire che tutto era seminato a grano, fin dove l'occhio poteva vedere.

Per quelli come Tarzan era una specie di paradiso, una roba che i vivi potevano solo immaginarsela.

La farina a cui era abituato era quella di castagne, e delle poche volte che aveva mangiato pane bianco si ricordava come in sogno.

"Osta se ce n'è," rispose il partigiano.

Si passarono la lingua sulle labbra nello stesso momento, e ancora sorrisero.

Non mangiavano da tre giorni.

Genoveffa aveva solo una piccola borraccia ma l'avevano svuotata poco dopo aver voltato le spalle al rifugio di Torre Cavèna.

Il vento passò tra gli alberi. Una volta o mille. Non si riusciva a capire. Genoveffa non ritornava.

Poteva essere stata presa da una pattuglia, o semplicemente era ritornata a casa sua. Nessuno la obbligava ad aiutarli.

Era poco più di una bambina.

Per un attimo Tarzan sperò che fosse andata così. Temeva di vederla ritornare da sola. Non credeva che sarebbe riuscito a sopportarlo.

Gli sembrava un brutto modo di morire.

Preferiva morire da solo, che morire abbandonato.

Un giorno ancora sarebbe bastato. Neanche due. Un giorno solo e via.

Tarzan e Gianì

Non morì.

La guerra finì e Tarzan tornò a essere Mario.

Ebbe una vita tranquilla e a suo modo felice.

Prese moglie in Abruzzo, scegliendola da un libro di fotografie mentre lavorava come operaio ai rimboschimenti del Piano Fanfani.

Un ruffiano che si faceva chiamare mediatore matrimoniale girava per i cantieri con i ritratti delle zitelle dei paesi più poveri e sperduti del Gran Sasso.

Si chiamava Lucia.

Era più vecchia di lui di sette anni e fu l'unica donna che mai conobbe: passò con lei il resto dei suoi giorni.

Quando gli scadde il contratto del Piano Fanfani non lo rinnovò e ritornò a Casola, accettando il posto di mezzadro del podere di Bigiuno, sotto Monte dei Pini.

I padroni dei terreni, gente di Bologna, gente con dei soldi, si tenevano tutto e gli pagavano lo stipendio a fine mese.

Mario si curava delle viti e delle albicocche, mentre Lucia pensava alla casa.

Non ebbero figli.

A Pasqua scendevano in paese a piedi e prendevano la corriera fino a Castello, poi il treno fino a Pescara, per andare a far visita alle sorelle e ai nipoti di lei, che ancora abitavano laggiù.

Quando stavano a Casola, passavano i pomeriggi seduti sotto il noce del cortile, a sgusciare piselli.

Lucia sospirava.

"Ci siamo proprio sistemati bene qui, Mario," diceva, con il suo accento della Bassitalia che non perse mai, perché con certi accenti non solo ci si nasce ma ci si muore.

Lui grugniva, ma piano, ed era il suo modo per risponderle che sì, si erano proprio sistemati bene.

Non partecipava alle vicende del paese e nemmeno alle riunioni di famiglia.

Non andava mai ai compleanni dei parenti, non rispondeva agli inviti per le cresime e per le comunioni.

Ci pensava Lucia.

Si presentava con il suo velo bianco sulla testa e regalava mille lire, avvolte con cura in un fazzoletto sapientemente annodato.

Le rare volte che Mario si faceva vedere, era per chiedere qualcosa a Gianì, ma solo se aveva bisogno disperato per il lavoro dei campi.

Parlava con brevi frasi in dialetto dal cortile delle case popolari, perché anche se la guerra era finita da un pezzo, Cristèna era ancora fascista e un partigiano in casa non ce lo voleva neanche morta.

Che Mario fosse comunista, se lo ricordavano solo quelli che avevano vissuto la guerra.

Come si era fatto esentare dalla dottrina del commissario politico, nei suoi giorni nella compagnia *Amato*, così non partecipava alle riunioni di partito.

Non dava una mano alla festa dell'Unità e si teneva lontano dai comizi.

Non aveva chiesto la pensione di guerra e non parlava mai di quello che aveva visto e vissuto in quell'autunno del 1944.

Si era esiliato dal mondo.

O forse, era rimasto quello che era sempre stato.

Così piccolo, lo si poteva ancora scambiare per il bambino circondato dai genitori e da un fratello troppo più vecchi di lui, in mezzo ai quali si sentiva un estraneo.

E allo stesso modo doveva essersi sentito tra i partigiani, di ogni fede politica e nazionalità.

Molti combattevano mossi nel profondo da una nobile motivazione, dalla speranza di un futuro migliore; lui ci si era ritrovato per caso, scappando dalla chiamata alle armi.

Continuava a votare comunista perché pensava che avrebbe fatto piacere a tutti quelli che aveva visto morire a Ca' di Malanca.

Era stato con loro, ma era diverso da loro.

Uno sconosciuto, che aveva combattuto una guerra soltanto sua, quella per restare vivo.

Questa era stata la sua vita in mezzo agli uomini.

Aveva vissuto nel mondo come un ospite inatteso a casa d'altri, accettato per pura cortesia.

Così se n'era tirato fuori.

Gli bastavano le terre a cui badare. E la sua Lucia.

Due cose soltanto conservò di quell'autunno del '44.

Una, sempre con sé; la ferita fu curata in gran segreto negli scantinati della villa padronale di Case Bartoli dal medico condotto, il dottor Cenni.

Fece così un buon lavoro con i suoi miseri ferri che con il tempo anche la cicatrice scomparve.

Ma la scheggia di granata era penetrata in profondità e, visto che sarebbe stato troppo complicato e doloroso toglierla, la lasciarono dov'era.

La seconda fu che, per tutti gli anni che visse a Bigiuno, tenne sempre a sue spese almeno un cavallo.

Ci faceva lunghe camminate, per i sentieri che partivano da Monte dei Pini, spingendosi fino alle Banzuole, a Monte Battaglia, e sconfinando spesso in Toscana.

Non montava mai, teneva solo le briglie.

Lucia sopportava questi lunghi giri con una pazienza che apparteneva più alle mamme che alle mogli, scambiandoli per una buffa fissazione.

Mario non le aveva raccontato niente, e lei non poteva sapere che proprio quelli erano i luoghi in cui, diciottenne, si era preso cura delle bestie della Compagnia *Amato*.

Rincasava a sera e dopo aver messo il cavallo nella stalla e avergli lasciato una balla di fieno sotto il muso, si sedeva a tavola e mangiava di gusto, mentre Lucia gli raccontava i piccoli impicci della sua giornata.

"Però ci siamo sistemati proprio bene qui, Mario," diceva alla fine.

Lui la guardava con quei suoi occhi blu e poteva solo grugnire soddisfatto, perché a parlare di certe cose che sentiva dentro non glielo aveva mai insegnato nessuno.

Ma Lucia lo capiva lo stesso, e a Mario bastava così.

Gianì ebbe una vita lunga e segretamente infelice.

Il suo carattere allontanò un poco alla volta tutti i

figli, tranne Nicoletta, la minore, che con grande dispiacere della Cristèna diede loro un nipote, figlio di padre ignoto.

Accettarono a malincuore che portasse a termine la gravidanza, a patto che restasse per sempre nelle vicinanze, a prendersi cura di loro che stavano invecchiando.

Nicoletta non andò mai via di casa.

Quel nipote ero io.

Poco alla volta, Gianì riuscì a perdere tutti i risparmi, i suoi e quelli di nonna Cristèna; le pensioni se ne andavano tutte quante a tamponare i debiti che ogni anno accumulava ostinandosi ad affittare i poderi.

Adesso so che non riusciva a fare a meno della fatica; si trovava a suo agio solo con quella. Per tutto il resto era un disastro, tranne quando sudava nei campi.

Mia mamma lo sgridava, le venivano le lacrime dalla rabbia.

"Non abbiamo neanche i soldi da seppellirvi," gli diceva.

Quando non c'erano nemmeno gli spiccioli per fare la spesa, Gianì saliva silenzioso sul suo Apecar verde e partiva rumorosamente per Bigiuno, facendo un largo giro per non insospettire Cristèna, che lo spiava da dietro gli scuri ribattuti.

A testa bassa, stringendo il cappello tra le mani, chiedeva al fratello minore i soldi che gli servivano.

Senza aprire bocca, Mario glieli dava.

Gianì gli lasciava una ricevuta: visto che non era pratico di quelle faccende, faceva segnare a Mario la cifra su un pezzo di carta, che poi scarabocchiava con la sua firma incerta, l'unica cosa che avesse mai imparato a scrivere, e se ne andava grugnendo.

Da bambino, portava anche me.

Io li sbirciavo mentre Lucia mi accompagnava ad accarezzare i cavalli; due uomini uguali identici tranne che per l'altezza e il colore degli occhi, che non si salutavano nemmeno. Non capivo.

Sapevo solo che quando rientravamo, scendevamo in seconda i tornanti di Monte dei Pini, perché la strada era sterrata e tortuosa.

Gianì piangeva per tutto il tragitto e io pensavo che Mario doveva combinare proprio delle cose orribili, per farlo stare così male.

Cristèna morì nel settembre del 1991.

Mario, due settimane dopo.

Una mattina uscì con il cavallo. Non fece molta strada. Lucia lo trovò seduto sotto un ciliegio dietro casa.

Il cavallo pascolava nel campo.

Lo andò a prendere e piangendo lo riportò nella stalla, prima di chiamare il dottore.

Pochi giorni dopo il trasporto, Lucia venne a casa nostra. La vidi dalla finestra passare tra le macchine parcheggiate in cortile. Il velo che aveva in testa era nero, questa volta. Finché campò, non le vidi più addosso quello bianco della mia infanzia.

Entrò in casa stringendo una scatola di scarpe contro il grembo.

Quando l'aprì, le riconobbi subito.

Erano le ricevute che Gianì lasciava a Mario, quando andavamo di nascosto a Bigiuno. Era Mario che ogni volta gli prestava i soldi, per ripianare i debiti e per mettere in piedi un'altra impresa fallimentare.

Mia mamma allungò il collo per dare un'occhiata.

La scatola era piena fino all'orlo, dovevano esserce-
ne di vecchie di decenni.

"Non abbiamo niente," disse mamma sconsolata.

Aveva dovuto chiedere un mutuo alla Cassa Rurale
per la tomba della nonna.

Gianì singhiozzava seduto al tavolo.

Continuava a perdere tutto.

Persone e cose.

"No," disse Lucia.

Le case popolari non avevano ancora il riscalda-
mento e ogni famiglia si arrangiava a modo suo.

Noi avevamo una stufa a legna, con un complicato
sistema di tubi appesi al soffitto che portavano il fumo
alla canna fumaria.

La stufa era spenta e fredda. Lucia ci buttò tutte le
ricevute dentro, prese un fiammifero e gli diede fuoco.

"Adesso sono pari?" chiese la mamma, con un filo
di voce.

"No," disse Lucia.

Aspettò che le ricevute fossero tutte bruciate, poi
fissò Gianì, finché lui non trovò il coraggio di restituirle
lo sguardo.

"Maledetti somari," disse con quel suo accento in-
domabile, "siete sempre stati pari."

Zio Tarzan, 1944

Genoveffa ritornò.

Era tardo pomeriggio, la luce bassa del sole andava e veniva dietro un lastrone di nuvole del colore della canna dei fucili.

Sentendola avvicinarsi, con i passi furtivi degli animali selvatici o delle pattuglie, zio Tarzan e il partigiano si schiacciarono ancora di più nella buca.

Non ce n'era bisogno. Erano ormai ricoperti di fango dalla testa ai piedi, come creature nate e cresciute sotto terra. Bisognava scavare per trovarli, come i tartufi.

Genoveffa aveva le guance arrossate dal gran camminare.

Tarzan pensò che non sarebbe morto solo, ma sarebbe morto abbandonato.

Lontano da casa, come il povero Sergio, che aveva lasciato l'Unione Sovietica per combattere con la brigata *Garibaldi* e finire poi con la testa spaccata su una Breda da 37 mm, in un bosco a migliaia di chilometri da casa.

Compagno.

Sì, quanti compagni erano morti abbandonati. Mao di fianco a Ca' di Malanca, con le braccia piegate sotto la testa come per prendere sonno, Pirì sdraiato sul sentiero di Poggio Corneto, e anche il Moro, che gli aveva spiegato un giorno cos'era un sombrero ma non cosa voleva dire messicano. Compagni. Dài burdel, che torni a casa. No Bocì. Non torniamo a casa. Noi e anche quei granatieri della 715ª. Sì, poveracci anche loro. Tutti abbandonati. Tutti burdel. No, si dice tabac. Compagni.

Zio Tarzan guardò sconsolato il partigiano di Castel Bolognese, con quei suoi occhi blu profondi come la pozza della Breta che si stavano riempiendo di lacrime.

E a quel punto sentì scalpicciare.

Con un muso lungo così, grugnendo e soffiando come un bue, arrivò anche Gianì.

Si divisero.

Genoveffa e il partigiano sarebbero andati a est. Contavano di arrivare prima che calasse l'oscurità ai Crivellari, un borgo abbandonato, con case scavate nel gesso, un labirinto di grotte e di gole che per secoli era stato un covo di briganti e che in quegli anni i partigiani usavano come nascondiglio per armi e uomini.

Zio Tarzan e Gianì avrebbero puntato a ovest, in direzione di Casola.

Prima di separarsi, l'uomo con la fasciatura in testa diede la mano a Mario.

"Ivo," disse. Erano stati insieme due giorni interi, avevano rischiato di morire spalla contro spalla, e non si erano ancora presentati. Erano uomini fatti così.

Gianì distolse gli occhi, perché non conosceva quel genere di intimità e lo imbarazzava.

"Tarzan... Mario," si corresse lo zio.

"Ci vediamo, allora," disse Ivo.

Con Gianì si scambiarono un cenno di capo.

Poi Ivo cercò con una mano la spalla di Genoveffa, e si incamminarono nel bosco.

Case Bartoli fortunatamente non era vicina al paese, e il loro casolare era ai margini del podere, che comprendeva altre due case coloniche per i braccianti, una grande rimessa per gli attrezzi, una stalla, un pollaio e un immenso fienile.

Oltre una siepe, c'era la dimora padronale della famiglia Cortesi, con le grondaie decorate a strani motivi orientali e una piccola cappella votiva.

Dietro, un ampio cortile finiva al cancello di ferro battuto, da cui partiva il viale di cipressi che conduceva alla strada per Casola.

A Case Bartoli ci si poteva arrivare da vie diverse, senza doversi avvicinare troppo al centro abitato.

L'idea di Gianì era raggiungere il Mulino di Arsella, sotto la chiusa.

Da lì partiva una ripida salita che costeggiava la riva del fiume.

In cima la strada curvava e si stringeva, passando in mezzo a tre grandi edifici in pietra.

Avesse visto le finestre illuminate dai fuochi dei camini o avesse sentito il minimo rumore, sarebbero tornati indietro per infilarsi nel canalone che da dietro il mulino si inerpicava fino alla Buratta.

Era quasi verticale e coperto di boscaglia, ma completamente nascosto.

Era uno dei tanti scoli scavati dalle acque in eccesso del Rio della Nave quando era in piena.

Il rio scendeva dalle colline del Corso, e dopo aver costeggiato il cimitero e la Buratta si gettava con una cascata nel fiume Senio.

Pioveva quasi ogni giorno, in quell'autunno, ma Gianì sapeva che il Rio non era mai stato in piena e lo scolo sarebbe stato senz'acqua.

Di sicuro però sarebbe stato un pantano.

Avrebbe deciso una volta arrivato lì.

Prima doveva arrivarci, attraverso i boschi battuti dalle pattuglie.

Zio Tarzan gemette quando Gianì cercò di rimetterlo in piedi.

Era immobile da un giorno e non sentiva più le gambe.

Tutto il suo corpo si riduceva alla fitta al fianco, come un pungolo arroventato.

Il fango attaccato agli abiti stracciati gli pesava addosso come un macigno.

Aspettarono che gli tornassero le forze.

Gianì tirò fuori dalla sacca un pezzo di pane raffermo e una crosta di formaggio dura come il legno.

Lo stomaco di zio Tarzan brontolò dalla fame, ma non riuscì che a grattare con i denti un po' dell'uno e un po' dell'altro.

Masticare e deglutire gli faceva pulsare la ferita.

Pensò a quel pezzo di intestino che si era visto appena dopo lo scoppio. Usciva dallo squarcio come una gavetta di salsiccia.

Qualcuno doveva averglielo spinto dentro, con le dita.

Gianì rimise il pane e la crosta nella sacca, e gli passò una borraccia, a cui zio Tarzan si attaccò con avidità, quasi soffocandosi.

Le labbra la sporcarono di terriccio, ma gli sembrò di non aver mai bevuto acqua così buona.

"Andiamo," disse una volta finito.

Gianì gli fece segno di aspettare.

Gli porse una bottiglia di vino.

"No," disse zio Tarzan.

"Dài," gli disse Gianì.

Zio Tarzan non voleva il vino, ma Gianì insistette.

"Bevete," gli ordinò.

Gli dava del voi, e zio Tarzan non capiva se fosse perché finalmente lo vedeva come un uomo adulto o se fosse la cortesia che si usa per gli estranei.

Si attaccò alla bottiglia.

Era di quel vino aspro che si beveva allora.

Serviva solo a uno scopo: ubriacarsi.

Anche il vino andava sempre nei campi, con le bestie e i cristiani. Era l'unico aiuto per riuscire a stare lì fino a sera a faticare.

Da reduce della campagna di Grecia, Gianì sapeva che anche nell'esercito usavano un trucco del genere.

Magari le razioni e le gallette non arrivavano per giorni, ma in prima linea non mancavano mai vino e grappa, specialmente prima delle azioni.

"Alè, che ci tocca andare a morire," dicevano i soldati più esperti, quando arrivavano le casse.

Nessuno si sarebbe lanciato fuori dalle postazioni con fucile e baionetta, se non fosse stato mezzo ubriaco.

Certo, gli ufficiali e i militari di alcuni reparti non ne avevano bisogno, ma come la maggior parte dei fanti, Gianì non era un soldato.

Erano tutti contadini vestiti da soldati. O operai, o ciabattini o manovali.

Gente a cui avevano messo un elmo in testa, uno schioppo tra le mani, e che tutto ciò che desiderava non era affatto vincere la guerra, ma tornarsene a casa possibilmente interi.

Obbligò zio Tarzan a bere, finché non si fu scolato mezza bottiglia.

Quando lo vide sorridere beato, pulendosi la bocca con il dorso della mano, se lo caricò in spalla e partì.

Avevano alle spalle i tedeschi, impegnati a braccare i superstiti della 36ª brigata, che si erano sbandati cercando inutilmente di sfondare le linee per unirsi agli inglesi.

Davanti, c'erano la Brigata Nera e la Milizia, a cui erano affidati i compiti di polizia e ordine pubblico, e controllavano i paesi e le strade della collina.

Avevano informatori ovunque.

Finché zio Tarzan restò ubriaco, Gianì riuscì a mantenere una buona andatura.

Zio Tarzan dormiva.

Quando si svegliava iniziava a mugugnare e Gianì gli faceva bere altro vino, approfittandone per riprendere fiato.

Poi il vino finì.

Zio Tarzan cominciò a gemere, e Gianì dovette rallentare il passo.

Ogni tanto zio Tarzan si lasciava scappare il nome di una donna, forse Teresa, e Gianì pensava che fosse una sua morosina e che quel suo fratello tanto piccolo era finalmente diventato uomo.

Se il dolore si faceva insopportabile, zio Tarzan lo pregava di lasciarlo lì.

"Lasciatemi qui," diceva, con gli occhi blu spalancati dal male.

Zio Tarzan era conscio di valere per uno; ma se avessero preso Gianì, ci avrebbero rimesso anche Cristèna e il bambino. Doveva ricordarsi di chiedere quanti anni aveva. Quattro no di sicuro. Tre, a dir tanto.

Gianì fece come sempre aveva fatto con quel suo giovane fratello; non gli badò.

Non una sola volta pensò di mollarlo e andarsene.

E non gli passò per la testa il pericolo che correva in quell'impresa.

Gianì non pensava.

Non aveva mai pensato prima e non pensò mai nemmeno dopo.

Faceva semplicemente ciò per cui era nato; la bestia da soma.

E quello gli riusciva benissimo.

Stava trascinando un peso come un bue.

La sua testa era concentrata unicamente a mettere bene i piedi per terra, a non perdersi e a caricarsi meglio suo fratello addosso, quando gli scivolava giù.

A volte si fermava ad ascoltare i rumori, tenendo sotto controllo il fiatone.

Il bosco andava diradandosi.

Quelle colline che il Piano Fanfani avrebbe poi riempito di alberi fin quasi a ridosso del paese, allora si facevano sempre più spoglie e desertiche man mano che ci si avvicinava all'abitato. Per secoli la legna era l'unica cosa con cui si poteva combattere il freddo e non si andava per il sottile con i tagli.

Gli ultimi chilometri sarebbero stati i peggiori, perché avrebbero dovuto procedere allo scoperto.

Il tempo gli dava una mano, le nuvole coprivano la luna.

L'oscurità era fitta.

Gianì si teneva appena poteva sotto il crinale; anche nella notte più profonda un occhio abituato al buio avrebbe potuto notare una sagoma.

Da lassù, lui riusciva a scorgere di tanto in tanto il profilo di Monte Sole, più scuro del cielo notturno, con le tre querce secolari sulla cima.

Case Bartoli era là sotto, sulla sinistra.

Quando zio Tarzan gemeva, Gianì si fermava, riprendeva fiato e ascoltava.

Lasciò da parte il tozzo di pane secco, ma divorò la crosta di formaggio.

Era unta e ammuffita.

Sentì uno scalpiccio furtivo. Troppo leggero per appartenere a un cristiano.

Probabilmente, uno dei tanti gatti scappati di casa durante i bombardamenti. Avevano accusato il fronte anche loro. Erano diventati tutti selvatici.

Stava albeggiando quando arrivarono sopra al Mulino di Arsella.

Un tiro di schioppo li separava da casa.

Ma c'era troppa luce, e si sarebbero potuti imbattere in qualcuno.

Gianì decise di aspettare.

Fu il momento peggiore.

Non si arrischiò nemmeno a lasciare zio Tarzan da solo, per passare da casa e dire che stava bene.

Cristèna l'avrebbe messo in croce. Era ancora infuriata per quello che avevano osato fare a Mussolini, se Gianì le avesse detto cosa aveva combinato Mario l'avrebbero sentita urlare fino alla piazza.

Prese la strada che portava al mulino, avanzando il più lentamente possibile.

L'acqua scorreva rumorosa nel canale che fiancheggiava la casa, le pale però erano ferme. Nessuna luce filtrava dagli scuri ribattuti, stavano ancora dormendo.

Costeggiò il fiume fino a un'ansa scavata nel corso dei secoli, coperta da una cortina di rampicanti che scendevano da un lastrone sporgente della riva a strapiombo.

Si tolse gli scarponi fradici e asciugò i piedi gelati con il maglione di lana.

Provò a dare un'occhiata alla ferita di zio Tarzan e a sostituire la camicia impastata di sangue e melma che aveva come fasciatura, ma appena ne sollevò un lembo zio Tarzan urlò, e dovette tappargli la bocca con la mano.

A mattina fatta, le pale del mulino presero a frustare l'acqua e andarono avanti tutto il giorno.

Fu l'unico rumore che sentirono, insieme a una voce di donna che chiamava un bambino.

La notte impiegò così tanto tempo per scendere.

Appena si fece buio, Gianì decise di non prendere la strada più corta, che passava in mezzo alle tre case, ma di tagliare per lo scolo di Rio della Nave.

Aveva ragione, non c'era acqua.

Ma era più ripido di quanto ricordava, e ingombro di rami e sudiciume lasciati lì da una vecchia piena.

Sistemò zio Tarzan in spalla, grugnendo, e partì.

Lo percorse fino in cima.

Quando non affondava nella poltiglia fino alle ginocchia, perdeva l'equilibrio e cadeva a faccia in giù nel fango.

Grugniva, si ricaricava addosso il fratello ferito, e ripartiva.

A volte non riusciva ad aggrapparsi ai rami e scivolava indietro per parecchi metri, e doveva ricominciare da capo.

La spalla ferita tre anni prima in Grecia prese a pulsargli.

Non ci fece caso.

Grugniva e tirava dritto.

Impiegò una notte intera per fare trecento metri.

Arrancavano cercando di non fare rumore.

Il più alto dei due portava in spalla il più basso.

Quando era stanco lo rimetteva a terra e passandogli un braccio sotto le spalle se lo trascinava dietro.

Ma dopo qualche passo il piccolo ricominciava a gemere e allora il grande, grugnendo, se lo ricaricava addosso.

Se si fossero imbattuti in una pattuglia sarebbero morti entrambi.

Il più piccolo si chiamava Mario.

Per prenderlo in giro, i suoi compagni gli avevano dato come nome di battaglia Tarzan.

Era stato ferito due giorni prima, a Ca' di Malanca.

Non aveva ancora diciannove anni.

Il più alto si chiamava Giovanni e di anni ne aveva trentadue.

Un uomo grande e forte.

Mio nonno Gianì.

Morì agli inizi di novembre del 2003, all'ospedale di Faenza.

L'ultima parola che disse forse fu "Michele", il nome del ragazzo rumeno che nell'ultimo anno ci aiutava a prenderci cura di lui.

Io sono sempre stato convinto che disse "Mario", ma so che non è così.

Fu un sussurro disperato, niente di più.

Ora di quella nostra razza, qui a Casola, non rimaniamo che io e i miei figli.

Non mi sono documentato: ho scritto quello che ricordavo, e quello che non sapevo l'ho potuto immaginare.

Per tanto tempo ho vissuto in mezzo a persone la cui natura mi sfuggiva.

Li sentivo e li guardavo intorno a me, c'erano, ma era come se non li vedessi davvero.

Misteriosi come sagome su un crinale di notte.

Erano troppo grandi, per riuscire a metterli a fuoco da vicino. Li ho dovuti perdere, per riuscirci.

Erano esseri innocenti a loro modo, ma duri.

Con gente cresciuta così, non c'è verso di cambiarla. E nemmeno di giudicarla.

Non si può chiedere a un cavallo di fare le fusa o a un bue di mettersi a cuccia come un cagnolino.

Adesso so come dev'essere stato per loro, che sapevano solo grugnire e faticare.

Sentivo di dovere scrivere questa storia, perché a me a scuola mi ci hanno mandato, e ho imparato qualche parola in più.

Appartenevano a un mondo e a un tempo troppo difficili per noi.

Come fai a giudicare quella razza di uomini?

Zio Tarzan ha dato un metro di budella per la patria e si è tenuto nel fianco due dita di ferro per tutta la vita.

Ma non era un eroe. Aveva paura e cercava di sopravvivere.

Era solo un ragazzo.

Molti di loro erano solo ragazzi. Burdel, come diceva Bocì. Tabac.

Ma all'età in cui oggi la scelta più difficile che dovranno fare i miei figli sarà cosa studiare all'università, loro combattevano una guerra armati di vecchi schioppi.

Garibaldini, all'attacco.

E si lanciavano contro un'intera divisione di granatieri tedeschi.

Ecco che razza di gente erano.

E Gianì?

Fino all'ultimo giorno gli errori e le delusioni hanno pesato addosso a lui e a quelli che gli vivevano a fianco.

Ha fallito per tutta la vita, e niente potrà mai cambiare questo.

Ma per tutta la vita è stato anche l'uomo che si è caricato in spalla un fratello ferito, e per venti chilometri, attraverso la notte, lo ha portato al sicuro a casa.

A Olivia e Giovanni,
perché sappiano

Made in Casola, 2016-17

Indice